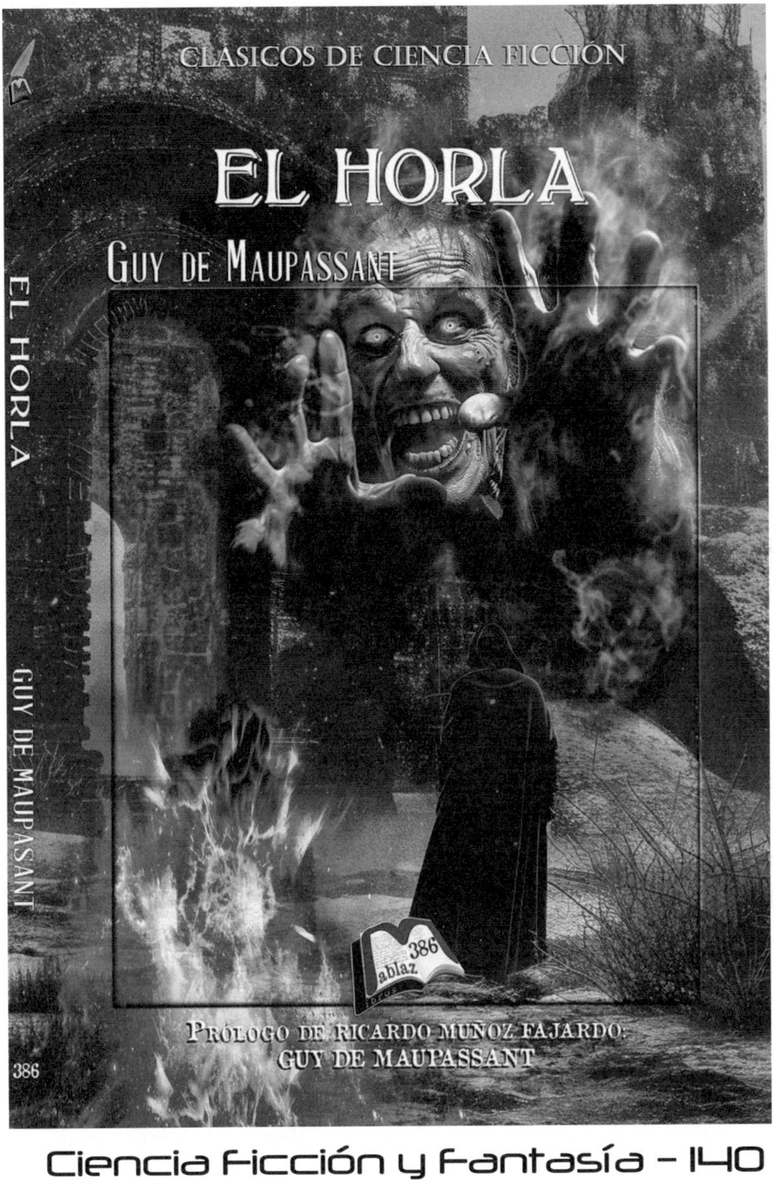

CLÁSICOS DE CIENCIA FICCIÓN

EL HORLA

GUY DE MAUPASSANT

PRÓLOGO DE RICARDO MUÑOZ FAJARDO:
GUY DE MAUPASSANT

386

Ciencia Ficción y Fantasía - 140

El horla
Primera Edición, febrero de 2025

© Libros Mablaz, Madrid, 2025
www.librosmablaz.com

© De esta edición, Libros Mablaz

blogs:
Editorial Libros Mablaz
http://editoriallibrosmablazycienciaficcion.blogspot.com.es/
Ciencia ficción y fantasía en Libros Mablaz:
http://mablazlibros.blogspot.com.es/
Introducción a las obras de Libros Mablaz:
http://librosmablazextractos.blogspot.com.es/
Libros Mablaz en Facebook:
https://www.facebook.com/groups/530547690292189/
Tu Librería en Casa:
https://www.facebook.com/TuLibreriaEnCasa
Librería Crisis–Neogénesis:
http://www.todocoleccion.net/neog%C3%A9nesis_vendedorTC

Diseño de cubiertas: Mari Carmen López

ISBN: 978-84-129710-6-4
Depósito Legal: M-3753-2025

LIBROS MABLAZ - 386

El horla

Guy de Maupassant

PRÓLOGO:

Guy de Maupassant

René Albert Guy de Maupassant (1850- 1893) fue un escritor naturalista francés. Aunque también hizo poesía, es mucho más conocido por su narrativa, especialmente por sus novelas cortas, cuentos y relatos, aunque también salieron de su pluma seis novelas, la última de ellas inacabada.

Aunque a Maupassant no le gustaba que le encuadraran en ninguna escuela, lo cierto es que ya se encontraba muy alejado del romanticismo y es considerado un naturalista, a la altura de Émile Zola, sin duda el escritor francés más conocido de su tiempo.

El estilo de Maupassant tiene la facultad de ser sencillo, directo, sin artificios, expresivo sin amaños de la sociedad de su época e impersonal, puesto que nun-

7

ca se implica en lo que narra, como si se tratara de un observador de lo que está viendo y así lo cuenta.

Al final de su carrera, abandonó la temática realista y costumbrista y se introdujo en el mundo de la novela psicológica, donde sí se involucra en su narrativa con las interioridades de sus personajes.

Adicto a las drogas, sobre todo a la cocaína y al éter, lo que hizo que se nublase su mente de la realidad que le rodeaba y sufriera alucinaciones que serían la base de su narrativa fantástica y de terror.

Maupassant está considerado como uno de los mayores cuentistas de la historia de la literatura, lo que supuso que fuera uno de los autores más plagiados. Su influencia está presente en escritores como pueden ser, por su importancia, Antón Chéjov, León Tolstói, Horacio Quiroga y su plagiador más evidente, Gabriele D'Annunzio, en donde no es inhabitual encontrar textos enteros, o pasajes, copiados enteramente de lo escrito por Maupassant. Un caso dado en España sobre este afán de copia del autor francés, proviene de Ramon del Valle Inclán, que en su primera obra, titulada *Femeninas*, en el relato Octavia Santino, calca de pe a pa el desarrollo final de la novela de Maupassant titulada *Fuerte como la muerte* (1888-1889).

El horla, que es la obra que la editorial Libros Mablaz ha decidido reeditar, fue publicada en 1887 en su forma definitiva, aunque existe una versión previa de un año antes, que a su vez se basa en un relato suyo de 1885, *Carta de un loco.*

La redacción de *El horla* por parte de Maupassant coincide con el principio de la demencia del autor, acosado siempre por las migrañas, los padecimientos de la sífilis que le fue contagiada, sus inicios en el consumo de drogas, lo que dio origen a sus alucinaciones y conatos de doble personalidad. Tantos problemas supusieron que intentara suicidarse en el año 1892, un año antes de su muerte.

El horla, escrito en forma de diario, narra que el protagonista siente en torno a él un ente al que llama como en el título del libro.

Aquel ser no es ni mucho inofensivo. Primero parece ocasionarle trastornos físicos, luego le impide dormir bien y cuando lo hace, tiene unas pesadillas horribles en que el horla no deja de observarle e incluso se arrodilla sobre él, como queriendo beber su vida.

El horla va dominando cada vez más su persona, sus pensamientos, por lo que se propone matarlo...

Ricardo Muñoz Fajardo

ŒUVRES COMPLÈTES ILLUSTRÉES

DE

GUY DE MAUPASSANT

Le

Horla

Illustrations

DE

JULIAN-DAMAZY

Gravure sur bois

PAR

G. LEMOINE

PARIS
LIBRAIRIE OLLENDORFF

1908

Portada de una edición de 1908 ilustrada con dibujos de
William Julian-Damazy (1865-1910). Grabado en madera
de Georges Lemoine

Ilustración de la edición citada. Grabado en madera de Georges Lemoine según un dibujo de William Julian-Damazy (1865-1910)

12

8 de mayo

¡Qué hermoso día! He pasado toda la mañana tendido sobre la hierba, delante de mi casa, bajo el enorme plátano que la cubre, la resguarda y le da sombra. Adoro esta región, y me gusta vivir aquí porque he echado raíces aquí, esas raíces profundas y delicadas que unen al hombre con la tierra donde nacieron y murieron sus abuelos, esas raíces que lo unen a lo que se piensa y a lo que se come, a las costumbres como a los alimentos, a los mo-

13

dismos regionales, a la forma de hablar de sus habitantes, a los perfumes de la tierra, de las aldeas y del aire mismo.

Adoro la casa donde he crecido. Desde mis ventanas veo el Sena que corre detrás del camino, a lo largo de mi jardín, casi dentro de mi casa, el grande y ancho Sena, cubierto de barcos, en el tramo entre Ruán y El Havre.

A lo lejos y a la izquierda, está Ruán, la vasta ciudad de techos azules, con sus numerosas y agudas torres góticas, delicadas o macizas, dominadas por la flecha de hierro de su catedral, y po-

14

bladas de campanas que tañen en el aire azul de las mañanas hermosas enviándome su suave y lejano murmullo de hierro, su canto de bronce que me llega con mayor o menor intensidad según que la brisa aumente o disminuya.

¡Qué hermosa mañana!

A eso de las once pasó frente a mi ventana un largo convoy de navíos arrastrados por un remolcador grande como una mosca, que jadeaba de fatiga lanzando por su chimenea un humo espeso.

Después, pasaron dos goletas inglesas, cuyas rojas banderas flameaban sobre el fondo del cielo, y un soberbio bergantín brasileño, blanco y admirablemente limpio y reluciente. Saludé su paso sin saber por qué, pues sentí placer al contemplarlo.

11 de mayo

Tengo algo de fiebre desde hace algunos días. Me siento dolorido o más bien triste.

¿De dónde vienen esas misteriosas influencias que trasforman nuestro bienestar en desaliento y nuestra confianza en angustia? Diríase que el aire, el aire invisible, está poblado de lo desconocido, de poderes cuya misteriosa proximidad experimentamos. ¿Por qué al despertarme siento una gran alegría y ganas de cantar,

17

y luego, sorpresivamente, después de dar un corto paseo por la costa, regreso desolado como si me esperase una desgracia en mi casa? ¿Tal vez una ráfaga fría al rozarme la piel me ha alterado los nervios y ensombrecido el alma? ¿Acaso la forma de las nubes o el color tan variable del día o de las cosas me ha perturbado el pensamiento al pasar por mis ojos? ¿Quién puede saberlo? Todo lo que nos rodea, lo que vemos sin mirar, lo que rozamos inconscientemente, lo que tocamos sin palpar y lo que encontramos sin reparar en ello, tiene efectos rápidos, sorprendentes e inexplicables sobre nosotros, sobre nuestros órganos y, por consiguiente, sobre nuestros pensamientos y nuestro corazón.

¡Cuán profundo es el misterio de lo Invisible! No podemos explorarlo con nuestros mediocres sentidos, con nuestros ojos que no pueden percibir lo muy grande ni lo muy pequeño, lo muy próximo ni lo muy lejano, los habitantes de una estrella ni los de una gota de agua... con nuestros oídos que nos engañan, trasformando las vibraciones del aire en ondas sonoras, como si fueran hadas que convierten milagrosamente en sonido ese movimiento, y que mediante esa metamorfosis hacen surgir la música que trasforma en canto la muda agitación de la naturaleza... con nuestro olfato, más débil que el del perro... con nuestro sentido del gusto, que apenas puede distinguir la edad de un vino.

¡Cuántas cosas descubriríamos a nuestro alrededor si tuviéramos otros órganos que realizaran para nosotros otros milagros!

16 de mayo

Decididamente, estoy enfermo. ¡Y pensar que estaba tan bien el mes pasado! Tengo fiebre, una fiebre atroz, o, mejor dicho, una nerviosidad febril que afecta por igual el alma y el cuerpo. Tengo continuamente la angustiosa sensación de un peligro que me amenaza, la aprensión de una desgracia inminente o de la muerte que se aproxima, el presentimiento suscitado por el comienzo de un mal aún des-

conocido que germina en la carne y en la

sangre.

18 de mayo

Acabo de consultar al médico pues ya no podía dormir. Me ha encontrado el pulso acelerado, los ojos inflamados y los nervios alterados, pero ningún síntoma alarmante. Debo darme duchas y tomar bromuro de potasio.

Ilustración de William Julian-Damazy

25 de mayo

¡No siento ninguna mejoría! Mi estado es realmente extraño. Cuando se aproxima la noche, me invade una inexplicable inquietud, como si la noche ocultase una terrible amenaza para mí. Ceno rápidamente y luego trato de leer, pero no comprendo las palabras y apenas distingo las letras. Camino entonces de un extremo a otro de la sala sintiendo la opresión de un temor confuso e irresistible, el temor de dormir y el temor de la cama. A las diez subo a la habitación. En cuanto entro, doy dos vueltas a la llave y corro los cerrojos; tengo miedo... ¿de qué?... Hasta ahora nunca sentía temor por nada... abro mis armarios, miro debajo de la cama; escucho... escucho... ¿qué?... ¿Acaso puede sorprender que un malestar, un trastorno de la circulación, y tal vez una ligera congestión, una pequeña perturbación del funcionamiento tan imperfecto y delicado de nuestra máquina viviente, convierta en un melancólico al más alegre de los hombres y en un cobarde al más valiente? Luego me acuesto y espero el sueño como si es-

26

perase al verdugo. Espero su llegada con espanto; mi corazón late intensamente y mis piernas se estremecen; todo mi cuerpo tiembla en medio del calor de la cama hasta el momento en que caigo bruscamente en el sueño como si me ahogara en un abismo de agua estancada. Ya no siento llegar como antes a ese sueño pérfido, oculto cerca de mí, que me acecha, se apodera de mi cabeza, me cierra los ojos y me aniquila.

Duermo durante dos o tres horas, y luego no es un sueño sino una pesadilla lo que se apodera de mí. Sé perfectamente que estoy acostado y que duermo... lo comprendo y lo sé... y siento también que alguien se aproxima, me mira, me toca, sube sobre la cama, se arrodilla sobre mi pecho y tomando mi cuello entre sus manos aprieta y aprieta... con todas sus fuerzas para estrangularme.

Trato de defenderme, impedido por esa impotencia atroz que nos paraliza en los sueños: quiero gritar y no puedo; trato de moverme y no puedo; con angustiosos esfuerzos y jadeante, trato de liberarme, de rechazar ese ser que me aplasta y me asfixia, ¡pero no puedo!

Y de pronto, me despierto enloquecido y cubierto de sudor. Enciendo una bujía. Estoy solo.

Después de esa crisis, que se repite todas las noches, duermo por fin tranquilamente hasta el amanecer.

Georges Lemoine a partir de un diseño
de William Julian-Damazy

30

2 de junio

Mi estado se ha agravado. ¿Qué es lo que tengo? El bromuro y las duchas no me producen ningún efecto. Para fatigarme más, a pesar de que ya me sentía cansado, fui a dar un paseo por el bosque de Roumare. En un principio me pareció que el aire suave, ligero y fresco, lleno de aromas de hierbas y hojas, vertía una sangre nueva en mis venas y nuevas energías en mi corazón. Caminé por una gran avenida de caza y después por una estrecha alameda, entre dos filas de árboles desmesuradamente altos que formaban un techo verde y espeso, casi negro, entre el cielo y yo.

De pronto sentí un estremecimiento, no de frío sino un extraño temblor angustioso. Apresuré el paso, inquieto por hallarme solo en ese bosque, atemorizado sin razón por el profundo silencio. De improviso, me pareció que me seguían, que alguien marchaba detrás de mí, muy cerca, muy cerca, casi pisándome los talones.

Me volví hacia atrás con brusquedad. Estaba solo. Únicamente vi detrás de mí el recto y amplio sendero, vacío, alto, pavorosamente vacío; y del otro lado se extendía también hasta perderse de vista de modo igualmente solitario y atemorizante.

Cerré los ojos, ¿por qué? Y me puse a girar sobre un pie como un trompo. Estuve a punto de caer; abrí los ojos: los árboles bailaban, la tierra flotaba, tuve que sentarme. Después ya no supe por dónde había llegado hasta allí. ¡Qué extraño! Ya no recordaba nada. Tomé hacia la derecha, y llegué a la avenida que me había llevado al centro del bosque.

3 de junio

He pasado una noche horrible. Voy a irme de aquí por algunas semanas. Un viaje breve sin duda me tranquilizará.

2 de julio

Regreso restablecido. El viaje ha sido delicioso. Visité el monte Saint-Michel, que no conocía.

¡Qué hermosa visión se tiene al llegar a Avranches, como llegué yo al caer la tarde! La ciudad se halla sobre una colina. Cuando me llevaron al jardín botánico, situado en un extremo de la población, no pude evitar un grito de admiración. Una extensa bahía se extendía ante mis ojos hasta el horizonte, entre dos costas lejanas que se esfumaban en medio de la bruma, y en el centro de esa inmensa bahía, bajo un dorado cielo despejado, se elevaba un monte extraño, sombrío y puntiagudo en las arenas de la playa. El sol acababa de ocultarse, y en el horizonte aún rojizo se recortaba el perfil de ese fantástico acantilado que lleva en su cima un fantástico monumento.

Al amanecer me dirigí hacia allí. El mar estaba bajo como la tarde anterior y a medida que me acercaba veía elevarse gradualmente a la sorprendente abadía. Luego de varias horas de marcha, llegué al enorme bloque de piedra en cuya cima se halla la pequeña población dominada por la gran iglesia. Después de subir por la calle estrecha y empinada, penetré en la más admirable morada gótica construida por Dios en la tierra, vasta como una ciudad, con numerosos recintos de techo bajo, como aplastados por bóvedas y galerías superiores sostenidas por frágiles columnas. Entré en esa gigantesca joya de granito, ligera como un encaje, cubierta de torres, de esbeltos torreones, a los cuales se sube por intrincadas escaleras, que destacan en el cielo azul del día y negro de la noche sus extrañas cúpulas erizadas de quimeras, diablos, animales fantásticos y flores monstruosas, unidas entre sí por finos arcos labrados.

Cuando llegué a la cumbre, dije al monje que me acompañaba:

—¡Qué bien se debe estar aquí, padre!

—Es un lugar muy ventoso, señor —me respondió. Y nos pusimos a conversar mientras mirábamos subir el mar, que avanzaba sobre la playa y parecía cubrirla con una coraza de acero.

El monje me refirió historias, todas

las viejas historias del lugar, leyendas, muchas leyendas.

Una de ellas me impresionó mucho. Los nacidos en el monte aseguran que de noche se oyen voces en la playa y después se perciben los balidos de dos cabras, una de voz fuerte y la otra de voz débil. Los incrédulos afirman que son los graznidos de las aves marinas que se asemejan a balidos o a quejas humanas, pero los pescadores rezagados juran haber encontrado merodeando por las dunas, entre dos mareas y alrededor de la pequeña población tan alejada del mundo, a un viejo pastor cuya cabeza nunca pudieron ver por llevarla cubierta con su capa, y delante de él marchan un macho cabrío con rostro de hombre y una cabra con rostro de mujer; ambos tienen largos cabellos blancos y hablan sin cesar: discuten en una lengua desconocida, interrumpiéndose de pronto para balar con todas sus fuerzas.

—¿Cree usted en eso? —pregunté al monje.

—No sé —me contestó.

Yo proseguí:

—Si existieran en la tierra otros seres diferentes de nosotros, los conoceríamos desde hace mucho tiempo; ¿cómo es posible que no los hayamos visto usted ni yo?

—¿Acaso vemos —me respondió— la cienmilésima parte de lo que existe? Observe por ejemplo el viento, que es la fuerza más poderosa de la naturaleza; el viento, que derriba hombres y edificios, que arranca de cuajo los árboles y levanta montañas de agua en el mar, que destruye los acantilados y que arroja contra ellos a las grandes naves, el viento que mata, silba, gime y ruge, ¿acaso lo ha visto alguna

43

vez? ¿Acaso lo puede ver? Y sin embargo existe.

Ante este sencillo razonamiento opté por callarme. Este hombre podía ser un sabio o tal vez un tonto. No podía afirmarlo con certeza, pero me llamé a silencio. Con mucha frecuencia había pensado en lo que me dijo.

3 de julio

Dormí mal; evidentemente, hay una influencia febril, pues mi cochero sufre del mismo mal que yo. Ayer, al regresar, observé su extraña palidez. Le pregunté:

—¿Qué tiene, Jean?

—Ya no puedo descansar; mis noches desgastan mis días. Desde la partida del señor parece que padezco una especie de hechizo.

Los demás criados están bien, pero temo que me vuelvan las crisis.

4 de julio

Decididamente, las crisis vuelven a empezar. Vuelvo a tener las mismas pesadillas. Anoche sentí que alguien se inclinaba sobre mí y con su boca sobre la mía, bebía mi vida. Sí, la bebía con la misma avidez que una sanguijuela. Luego se incorporó saciado, y yo me desperté tan extenuado y aniquilado, que apenas podía moverme. Si eso se prolonga durante algunos días volveré a ausentarme.

47

5 de julio

¿He perdido la razón? Lo que pasó, lo que vi anoche, ¡es tan extraño que cuando pienso en ello pierdo la cabeza!

Había cerrado la puerta con llave, como todas las noches, y luego sentí sed; bebí medio vaso de agua y observé distraídamente que la botella estaba llena.

Me acosté en seguida y caí en uno de mis espantosos sueños del cual pude salir cerca de dos horas después con una sacudida más horrible aún. Imagínense ustedes

49

un hombre que es asesinado mientras duerme, que despierta con un cuchillo clavado en el pecho, jadeante y cubierto de sangre, que no puede respirar y que muere sin comprender lo que ha sucedido.

Después de recobrar la razón, sentí nuevamente sed; encendí una bujía y me dirigí hacia la mesa donde había dejado la botella. La levanté inclinándola sobre el vaso, pero no había una gota de agua. Estaba vacía, ¡completamente vacía! Al principio no comprendí nada, pero de pronto sentí una emoción tan atroz que tuve que sentarme o, mejor dicho, me desplomé sobre una silla. Luego me incorporé de un salto para mirar a mi alrededor. Después volví a sentarme delante del cristal trasparente, lleno de asombro y terror. Lo observaba con la mirada fija, tratando de imaginarme lo que había pasado. Mis manos temblaban. ¿Quién se había bebido el agua? Yo, yo sin duda. ¿Quién podía haber sido sino yo? Entonces... yo era sonámbulo, y vivía sin saberlo esa doble vida misteriosa que nos hace pensar que hay en nosotros dos seres, o que a veces un ser extraño, desconocido e invisible anima, mientras dormimos, nuestro cuerpo cautivo que le obedece como a nosotros y más que a nosotros.

¡Ah! ¿Quién podrá comprender mi abominable angustia? ¿Quién podrá comprender la emoción de un hombre mentalmente sano, perfectamente despierto y en uso de razón al contemplar espantado una botella que se ha vaciado mientras dormía? Y así permanecí hasta el amanecer sin atreverme a volver a la cama.

6 de julio

Pierdo la razón. ¡Anoche también bebieron el agua de la botella, o tal vez la bebí yo!

10 de julio

Acabo de hacer sorprendentes com-
probaciones. ¡Decididamente estoy loco! Y
sin embargo...

El 6 de julio, antes de acostarme puse sobre la mesa vino, leche, agua, pan y
fresas. Han bebido —o he bebido— toda
el agua y un poco de leche. No han tocado
el vino, ni el pan ni las fresas.

El 7 de julio he repetido la prueba
con idénticos resultados.

El 8 de julio suprimí el agua y la leche, y no han tocado nada.

Por último, el 9 de julio puse sobre la mesa solamente el agua y la leche, teniendo especial cuidado de envolver las botellas con lienzos de muselina blanca y de atar los tapones. Luego me froté con grafito los labios, la barba y las manos y me acosté.

Un sueño irresistible se apoderó de mí, seguido poco después por el atroz despertar. No me había movido; ni siquiera mis sábanas estaban manchadas. Corrí hacia la mesa. Los lienzos que envolvían

56

las botellas seguían limpios e inmaculados. Desaté los tapones, palpitante de emoción. ¡Se habían bebido toda el agua y toda la leche! ¡Ah! ¡Dios mío!...

Partiré inmediatamente hacia París.

Ilustrador: Claude Weisbuch

12 de julio

París. Estos últimos días había perdido la cabeza. Tal vez he sido juguete de mi enervada imaginación, salvo que yo sea realmente sonámbulo o que haya sufrido una de esas influencias comprobadas, pero hasta ahora inexplicables, que se llaman sugestiones. De todos modos, mi extravío rayaba en la demencia, y han bastado veinticuatro horas en París para recobrar la cordura. Ayer, después de paseos y visitas, que me han renovado y vi-

vificado el alma, terminé el día en el Théatre-Francais. Representábase una pieza de Alejandro Dumas hijo. Este autor vivaz y pujante ha terminado de curarme. Es evidente que la soledad resulta peligrosa para las mentes que piensan demasiado. Necesitamos ver a nuestro alrededor a hombres que piensen y hablen. Cuando permanecemos solos durante mucho tiempo, poblamos de fantasmas el vacío.

Regresé muy contento al hotel, caminando por el centro. Al codearme con la multitud, pensé, no sin ironía, en mis terrores y suposiciones de la semana pasada, pues creí, sí, creí que un ser invisible vivía bajo mi techo. Cuán débil es nuestra razón y cuán rápidamente se extravía cuando nos estremece un hecho incomprensible.

En lugar de concluir con estas simples palabras: "Yo no comprendo porque no puedo explicarme las causas", nos imaginamos en seguida impresionantes misterios y poderes sobrenaturales.

14 de julio

Fiesta de la República. He paseado por las calles. Los cohetes y banderas me divirtieron como a un niño. Sin embargo, me parece una tontería ponerse contento un día determinado por decreto del gobierno. El pueblo es un rebaño de imbéciles, a veces tonto y paciente, y otras, feroz y rebelde. Se le dice: "Diviértete". Y se divierte. Se le dice: "Ve a combatir con tu vecino". Y va a combatir. Se le dice: "Vota por el emperador". Y vota por el emperador. Después: "Vota por la República". Y vota por la República.

Los que lo dirigen son igualmente tontos, pero en lugar de obedecer a hombres se atienen a principios, que por lo mismo que son principios sólo pueden ser necios, estériles y falsos, es decir, ideas consideradas ciertas e inmutables, tan luego en este mundo donde nada es seguro y donde la luz y el sonido son ilusorios.

16 de julio

Ayer he visto cosas que me preocuparon mucho. Cené en casa de mi prima, la señora Sablé, casada con el jefe del regimiento 76 de cazadores de Limoges. Conocí allí a dos señoras jóvenes, casada una de ellas con el doctor Parent que se dedica intensamente al estudio de las enfermedades nerviosas y de los fenómenos extraordinarios que hoy dan origen a las experiencias sobre hipnotismo y sugestión.

Nos refirió detalladamente los prodigiosos resultados obtenidos por los sabios ingleses y por los médicos de la escuela de Nancy. Los hechos que expuso me parecieron tan extraños que manifesté mi incredulidad.

—Estamos a punto de descubrir uno de los más importantes secretos de la naturaleza —decía el doctor Parent—, es decir, uno de sus más importantes secretos aquí en la tierra, puesto que hay evidentemente otros secretos importantes en las estrellas. Desde que el hombre piensa, desde que aprendió a expresar y a escribir su pensamiento, se siente tocado por un misterio impenetrable para sus sentidos groseros e imperfectos, y trata de suplir la impotencia de dichos sentidos mediante el esfuerzo de su inteligencia. Cuando la inteligencia permanecía aún en un estado rudimentario, la obsesión de los fenómenos invisibles adquiría formas comúnmente terroríficas. De ahí las creencias populares en lo sobrenatural. Las leyendas de las almas en pena, las hadas, los gnomos y los aparecidos; me atrevería a mencionar incluso la leyenda de Dios, pues nuestras concepciones del artífice creador de cualquier religión son las invenciones más mediocres, estúpidas e inaceptables que pueden salir de la mente atemorizada de los hombres. Nada es más cierto que este pensamiento de Voltaire: "Dios ha hecho al hombre a su imagen y semejanza pero el hombre también ha procedido así con él".

"Pero desde hace algo más de un siglo, parece percibirse algo nuevo. Mesmer y algunos otros nos señalan un nuevo camino y, efectivamente, sobre todo desde hace cuatro o cinco años, se han obtenido sorprendentes resultados".

Mi prima, también muy incrédula, sonreía. El doctor Parent le dijo:

—¿Quiere que la hipnotice, señora?

—Sí; me parece bien.

Ella se sentó en un sillón y él comenzó a mirarla fijamente. De improviso, me dominó la turbación, mi corazón latía con fuerza y sentía una opresión en la garganta. Veía cerrarse pesadamente los ojos de la señora Sablé, y su boca se crispaba y parecía jadear.

Al cabo de diez minutos dormía.

—Póngase detrás de ella —me dijo el médico.

Obedecí su indicación, y él colocó en las manos de mi prima una tarjeta de visita al tiempo que le decía: "Esto es un espejo; ¿qué ve en él?"

—Veo a mi primo —respondió.

—¿Qué hace?

—Se atusa el bigote.

—¿Y ahora ?

—Saca una fotografía del bolsillo.

—¿Quién aparece en la fotografía?

—Él, mi primo.

¡Era cierto! Esa misma tarde me habían entregado esa fotografía en el hotel.

—¿Cómo aparece en ese retrato?

—Se halla de pie, con el sombrero en la mano. Evidentemente, veía en esa tarjeta de cartulina lo que hubiera visto en un espejo.

Las damas decían espantadas: "¡Basta! ¡Basta, por favor!"

Pero el médico ordenó: "Usted se levantará mañana a las ocho; luego irá a ver a su primo al hotel donde se aloja, y le pedirá que le preste los cinco mil francos que le pide su esposo y que le reclamará cuando regrese de su próximo viaje". Luego la despertó.

Mientras regresaba al hotel pensé en esa curiosa sesión y me asaltaron dudas, no sobre la insospechable, la total buena fe de mi prima a quien conocía desde la infancia como a una hermana, sino sobre la seriedad del médico. ¿No escondería en su mano un espejo que mostraba a la joven dormida, al mismo tiempo que la tarjeta?

Los prestidigitadores profesionales hacen cosas semejantes.

No bien regresé, me acosté.

Pero a las ocho y media de la mañana me despertó mi sirviente y me dijo:

—La señora Sablé quiere hablar inmediatamente con el señor.

Me vestí de prisa y la hice pasar.

Sentose muy turbada y me dijo sin levantar la mirada ni quitarse el velo:

—Querido primo, tengo que pedirle un gran favor.

—¿De qué se trata, prima?

—Me cuesta mucho decirlo, pero no tengo más remedio. Necesito urgentemente cinco mil francos.

—Pero cómo, ¿tan luego usted?

73

—Sí, yo, o mejor dicho mi esposo, que me ha encargado conseguirlos.

Me quedé tan asombrado que apenas podía balbucear mis respuestas. Pensaba que ella y el doctor Parent se estaba burlando de mí, y que eso podía ser una mera farsa preparada de antemano y representada a la perfección.

Pero todas mis dudas se disiparon cuando la observé con atención. Temblaba de angustia. Evidentemente esta gestión le resultaba muy penosa y advertí que apenas podía reprimir el llanto.

Sabía que era muy rica y le dije:

74

—¿Cómo es posible que su esposo no disponga de cinco mil francos? Reflexione. ¿Está segura de que le ha encargado pedírmelos a mí?

Vaciló durante algunos segundos como si le costara mucho recordar, y luego respondió:

—Sí... sí... estoy segura.

—¿Le ha escrito?

Vaciló otra vez y volvió a pensar. Advertí el penoso esfuerzo de su mente. No sabía. Sólo recordaba que debía pedirme ese préstamo para su esposo. Por consiguiente, se decidió a mentir.

—Sí, me escribió.

—¿Cuándo? Ayer no me dijo nada.

—Recibí su carta esta mañana.

—¿Puede enseñármela?

—No, no... contenía cosas íntimas... demasiado personales... y la he... la he quemado.

—Así que su marido tiene deudas.

Vaciló una vez más y luego murmuró:

—No lo sé.

Bruscamente le dije:

—Pero en este momento, querida prima, no dispongo de cinco mil francos.

Dio una especie de grito de desesperación:

—¡Ay! ¡Por favor! ¡Se lo ruego! Trate de conseguirlos...

Exaltada, unía sus manos como si se tratara de un ruego. Su voz cambió de tono; lloraba murmurando cosas ininteligibles, molesta y dominada por la orden irresistible que había recibido.

—¡Ay! Le suplico... si supiera cómo sufro... los necesito para hoy. Sentí piedad por ella.

—Los tendrá de cualquier manera. Se lo prometo.

—¡Oh! ¡Gracias, gracias! ¡Qué bondadoso es usted!

—¿Recuerda lo que pasó anoche en su casa? —le pregunté entonces.

—Sí.

—¿Recuerda que el doctor Parent la hipnotizó?

— Sí.

—Pues bien, fue él quien le ordenó venir esta mañana a pedirme cinco mil francos, y en este momento usted obedece a su sugestión.

Reflexionó durante algunos instantes y luego respondió:

78

—Pero es mi esposo quien me los pide.

Durante una hora traté infructuosamente de convencerla. Cuando se fue, corrí a casa del doctor Parent. Me dijo:

—¿Se ha convencido ahora?

—Sí, no hay más remedio que creer.

—Vamos a ver a su prima.

Cuando llegamos dormitaba en un sofá, rendida por el cansancio. El médico le tomó el pulso, la miró durante algún tiempo con una mano extendida hacia sus ojos que la joven cerró debido al influjo irresistible del poder magnético.

Cuando se durmió, el doctor Parent le dijo:

—¡Su esposo no necesita los cinco mil francos! Por lo tanto, usted debe olvidar que ha rogado a su primo para que se los preste, y si le habla de eso, usted no comprenderá.

Luego le despertó. Entonces saqué mi billetera.

—Aquí tiene, querida prima. Lo que me pidió esta mañana.

Se mostró tan sorprendida que no me atreví a insistir. Traté, sin embargo, de refrescar su memoria, pero negó todo

80

enfáticamente, creyendo que me burlaba, y poco faltó para que se enojase.

***

Acabo de regresar. La experiencia me ha impresionado tanto que no he podido almorzar.

19 de julio

Muchas personas a quienes he referido esta aventura se han reído de mí. Ya no sé qué pensar. El sabio dijo: "Quizá".

21 de julio

Cené en Bougival y después estuve en el baile de los remeros. Decididamente, todo depende del lugar y del medio. Creer en lo sobrenatural en la isla de la Grenouillère sería el colmo del desatino... pero ¿no es así en la cima del monte Saint-Michel, y en la India? Sufrimos la influencia de lo que nos rodea. Regresaré a casa la semana próxima.

30 de julio

Ayer he regresado a casa. Todo está bien.

2 de agosto

No hay novedades. Hace un tiempo espléndido. Paso los días mirando correr el Sena.

4 de agosto

Hay problemas entre mis criados. Aseguran que alguien rompe los vasos en los armarios por la noche. El sirviente acusa a la cocinera y ésta a la lavandera quien a su vez acusa a los dos primeros. ¿Quién es el culpable? El tiempo lo dirá.

Ilustrador: Claude Weisbuch

92

6 de agosto

Esta vez no estoy loco. Lo he visto...
¡lo he visto! Ya no tengo la menor duda...
¡lo he visto! Aún siento frío hasta en las
uñas... el miedo me penetra hasta la mé-
dula... ¡Lo he visto!...

A las dos de la tarde me paseaba a
pleno sol por mi rosedal; caminaba por el
sendero de rosales de otoño que comien-
zan a florecer.

Me detuve a observar un hermoso
ejemplar de *géant des batailles*, que tenía

93

tres flores magníficas, y vi entonces con toda claridad cerca de mí que el tallo de una de las rosas se doblaba como movido por una mano invisible: ¡luego, vi que se quebraba como si la misma mano lo cortase! Luego la flor se elevó, siguiendo la curva que habría descrito un brazo al llevarla hacia una boca, y permaneció suspendida en el aire trasparente, muy sola e inmóvil, como una pavorosa mancha a tres pasos de mí.

Azorado, me arrojé sobre ella para tomarla. Pero no pude hacerlo: había desaparecido. Sentí entonces rabia contra mí mismo, pues no es posible que una persona razonable tenga semejantes alucinaciones.

Pero, ¿tratábase realmente de una alucinación? Volví hacia el rosal para buscar el tallo cortado e inmediatamente lo encontré, recién cortado, entre las dos rosas que permanecían en la rama. Regresé entonces a casa con la mente alterada; en efecto, ahora estoy convencido, seguro como de la alternancia de los días y las noches, de que existe cerca de mí un ser invisible, que se alimenta de leche y agua, que puede tocar las cosas, tomarlas y cambiarlas de lugar; dotado, por consiguiente, de un cuerpo material aunque imperceptible para nuestros sentidos, y que habita en mi casa como yo...

7 de agosto

Dormí tranquilamente. Se ha bebido el agua de la botella pero no perturbó mi sueño.

Me pregunto si estoy loco. Cuando a veces me paseo a pleno sol, a lo largo de la costa, he dudado de mi razón; no son ya dudas inciertas como las que he tenido hasta ahora, sino dudas precisas, absolutas. He visto locos. He conocido algunos que seguían siendo inteligentes, lúcidos y sagaces en todas las cosas de la vida me-

97

nos en un punto. Hablaban de todo con claridad, facilidad y profundidad, pero de pronto su pensamiento chocaba contra el escollo de la locura y se hacía pedazos, volaba en fragmentos y se hundía en ese océano siniestro y furioso, lleno de olas fragorosas, brumosas y borrascosas que se llama "demencia".

Ciertamente, estaría convencido de mi locura, si no tuviera perfecta conciencia de mi estado, al examinarlo con toda lucidez. En suma, yo sólo sería un alucinado que razona. Se habría producido en mi mente uno de esos trastornos que hoy tratan de estudiar y precisar los fisiólogos modernos, y dicho trastorno habría provocado en mí una profunda ruptura en lo referente al orden y a la lógica de las ideas. Fenómenos semejantes se producen en el sueño, que nos muestra las fantasmagorías más inverosímiles sin que ello nos sorprenda, porque mientras duerme el aparato verificador, el sentido del control, la facultad imaginativa vigila y trabaja. ¿Acaso ha dejado de funcionar en mí una de las imperceptibles teclas del teclado cerebral? Hay hombres que a raíz de accidentes pierden la memoria de los nombres propios, de las cifras o solamente de las fechas. Hoy se ha comprobado la localización de todas las partes del pensamiento. No puede sorprender entonces que en este momento se haya disminuido mi facultad de controlar la irrealidad de ciertas alucinaciones.

Pensaba en todo ello mientras caminaba por la orilla del río. El sol iluminaba el agua, sus rayos embellecían la tierra y llenaban mis ojos de amor por la vida, por las golondrinas cuya agilidad constituye para mí un motivo de alegría, por las hierbas de la orilla cuyo estremecimiento es un placer para mis oídos.

Sin embargo, paulatinamente me invadía un malestar inexplicable. Me parecía que una fuerza desconocida me detenía, me paralizaba, impidiéndome avanzar, y que trataba de hacerme volver atrás. Sentí ese doloroso deseo de volver que nos oprime cuando hemos dejado en nuestra casa a un enfermo querido y presentimos una agravación del mal.

Regresé entonces, a pesar mío, convencido de que encontraría en casa una mala noticia, una carta o un telegrama.

Nada de eso había, y me quedé más sorprendido e inquieto aún que si hubiese tenido una nueva visión fantástica.

8 de agosto

Pasé una noche horrible. Él no ha aparecido más, pero lo siento cerca de mí. Me espía, me mira, se introduce en mí y me domina. Así me resulta más temible, pues al ocultarse de este modo parece manifestar su presencia invisible y constante mediante fenómenos sobrenaturales.

Sin embargo he podido dormir.

9 de agosto

Nada ha sucedido, pero tengo miedo.

10 de agosto

Nada: ¿qué sucederá mañana?

11 de agosto

Nada, siempre nada; no puedo quedarme aquí con este miedo y estos pensamientos que dominan mi mente; me voy.

12 de agosto, 10 de la noche

Durante todo el día he tratado de partir, pero no he podido. He intentado realizar ese acto tan fácil y sencillo — salir, subir en mi coche para dirigirme a Ruán— y no he podido. ¿Por qué?

Ilustrador: Claude Weisbuch

112

13 de agosto

Cuando nos atacan ciertas enfermedades nuestros mecanismos físicos parecen fallar. Sentimos que nos faltan las energías y que todos nuestros músculos se relajan; los huesos parecen tan blandos como la carne y la carne tan líquida como el agua. Todo eso repercute en mi espíritu de manera extraña y desoladora. Carezco de fuerzas y de valor; no puedo dominarme y ni siquiera puedo hacer intervenir mi voluntad. Ya no tengo iniciativa; pero alguien lo hace por mí, y yo obedezco.

113

Ilustrador: Claude Weisbuch

14 de agosto

¡Estoy perdido! ¡Alguien domina mi alma y la dirige! Alguien ordena todos mis actos, mis movimientos y mis pensamientos. Ya no soy nada en mí; no soy más que un espectador prisionero y aterrorizado por todas las cosas que realizo. Quiero salir y no puedo. Él no quiere y tengo que quedarme, azorado y tembloroso, en el sillón donde me obliga a sentarme. Sólo deseo levantarme, incorporarme para sentirme todavía dueño de mí. ¡Pero no puedo! Estoy clavado en mi asiento, y mi sillón se adhiere al suelo de tal modo que no habría fuerza capaz de movernos.

De pronto, siento la irresistible necesidad de ir al huerto a cortar fresas y comerlas. Y voy. Corto fresas y las como. ¡Oh, Dios mío! ¡Dios mío! ¿Será acaso un Dios? Si lo es, ¡salvadme! ¡Libradme! ¡Socorredme! ¡Perdón! ¡Piedad! ¡Misericordia! ¡Salvadme! ¡Oh, qué sufrimiento! ¡Qué suplicio! ¡Qué horror!

15 de agosto

Evidentemente, así estaba poseída y dominada mi prima cuando fue a pedirme cinco mil francos. Obedecía a un poder extraño que había penetrado en ella como otra alma, como un alma parásita y dominadora. ¿Es acaso el fin del mundo? Pero, ¿quién es el ser invisible que me domina? ¿Quién es ese desconocido, ese merodeador de una raza sobrenatural?

Por consiguiente, ¡los invisibles existen! ¿Pero cómo es posible que aún no se hayan manifestado desde el origen del mundo en una forma tan evidente como se manifiestan en mí? Nunca leí nada que se asemejara a lo que ha sucedido en mi casa. Si pudiera abandonarla, irme, huir y no regresar más, me salvaría, pero no puedo.

16 de agosto

Hoy pude escaparme durante dos horas, como un preso que encuentra casualmente abierta la puerta de su calabozo. De pronto, sentí que yo estaba libre y que él se hallaba lejos. Ordené uncir los caballos rápidamente y me dirigí a Ruán. Qué alegría poder decirle a un hombre que obedece: "¡Vamos a Ruán!"

Hice detener la marcha frente a la biblioteca donde solicité en préstamo el gran tratado del doctor Hermann Heres-

119

tauss sobre los habitantes desconocidos del mundo antiguo y moderno.

Después, cuando me disponía a subir a mi coche, quise decir: "¡A la estación!" y grité —no dije, grité— con una voz tan fuerte que llamó la atención de los transeúntes: "A casa", y caí pesadamente, loco de angustia, en el asiento. Él me había encontrado y volvía a posesionarse de mí.

17 de agosto

¡Ah! ¡Qué noche! ¡Qué noche! Y sin embargo me parece que debería alegrarme. Leí hasta la una de la madrugada. Hermann Herestauss, doctor en filosofía y en teogonía, ha escrito la historia y las manifestaciones de todos los seres invisibles que merodean alrededor del hombre o han sido soñados por él. Describe sus orígenes, sus dominios y sus poderes. Pero ninguno de ellos se parece al que me domina. Se diría que el hombre, desde que

121

pudo pensar, presintió y temió la presencia de un ser nuevo más fuerte que él —su sucesor en el mundo— y que como no pudo prever la naturaleza de este amo, creó, en medio de su terror, todo ese mundo fantástico de seres ocultos y de fantasmas misteriosos surgidos del miedo.

Después de leer hasta la una de la madrugada, me senté junto a mi ventana abierta para refrescarme la cabeza y el pensamiento con la apacible brisa de la noche.

Era una noche hermosa y tibia, que en otra ocasión me hubiera gustado mucho. No había luna. Las estrellas brillaban en las profundidades del cielo con estremecedores destellos.

¿Quién vive en aquellos mundos? ¿Qué formas, qué seres vivientes, animales o plantas, existirán allí? Los seres pensantes de esos universos, ¿serán más sabios y más poderosos que nosotros? ¿Conocerán lo que nosotros ignoramos? Tal vez cualquiera de estos días uno de ellos atravesará el espacio y llegará a la tierra para conquistarla, así como antiguamente los normandos sometían a los pueblos más débiles.

Somos tan indefensos, inermes, ignorantes y pequeños, sobre este trozo de

123

lodo que gira disuelto en una gota de agua.

Pensando en eso, me adormecí en medio del fresco viento de la noche.

Pero después de dormir unos cuarenta minutos, abrí los ojos sin hacer un movimiento, despertado por no sé qué emoción confusa y extraña. En un principio no vi nada, pero de pronto me pareció que una de las páginas del libro que había dejado abierto sobre la mesa acababa de darse vuelta sola. No entraba ninguna corriente de aire por la ventana. Esperé, sorprendido. Al cabo de cuatro minutos, vi, sí, vi con mis propios ojos que una nueva página se levantaba y caía sobre la otra, como movida por un dedo. Mi sillón estaba vacío, aparentemente estaba vacío, pero comprendí que él estaba leyendo allí, sentado en mi lugar. ¡Con un furioso salto, un salto de fiera irritada que se rebela contra el domador, atravesé la habitación para atraparlo, estrangularlo y matarlo! Pero antes de que llegara, el sillón cayó delante de mí como si él hubiera huido... la mesa osciló, la lámpara rodó por el suelo y se apagó, y la ventana se cerró como si un malhechor sorprendido hubiese escapado por la oscuridad, tomando con ambas manos los batientes.

Había escapado; había sentido miedo, ¡miedo de mí!

Entonces, mañana... pasado mañana o cualquiera de estos... podré tenerlo bajo mis puños y aplastarlo contra el suelo. ¿Acaso a veces los perros no muerden y degüellan a sus amos?

18 de agosto

He pensado durante todo el día. ¡Oh!, sí, voy a obedecerle, seguiré sus impulsos, cumpliré sus deseos, seré humilde, sumiso y cobarde. Él es más fuerte. Hasta que llegue el momento...

19 de agosto

¡Ya sé... ya sé todo! Acabo de leer lo que sigue en la Revista del Mundo Científico: "Nos llega una noticia muy curiosa de Río de Janeiro. Una epidemia de locura, comparable a las demencias contagiosas que asolaron a los pueblos europeos en la Edad Media, se ha producido en el Estado de San Pablo. Los habitantes despavoridos abandonan sus casas y huyen de los pueblos, dejan sus cultivos, creyéndose poseídos y dominados, como un rebaño humano, por seres invisibles aunque

129

tangibles, por especies de vampiros que se alimentan de sus vidas mientras los habitantes duermen, y que además beben agua y leche sin apetecerles aparentemente ningún otro alimento.

"El profesor don Pedro Henríquez, en compañía de varios médicos eminentes, ha partido para el Estado de San Pablo a fin de estudiar sobre el terreno el origen y las manifestaciones de esta sorprendente locura, y poder aconsejar al Emperador las medidas que juzgue convenientes para apaciguar a los delirantes pobladores".

¡Ah! ¡Ahora recuerdo el hermoso bergantín brasileño que pasó frente a mis ventanas remontando el Sena, el 8 de mayo último! Me pareció tan hermoso, blanco y alegre. Allí estaba él que venía de lejos, ¡del lugar de donde es originaria su raza! ¡Y me vio! Vio también mi blanca vivienda, y saltó del navío a la costa. ¡Oh, Dios mío!

Ahora ya lo sé y lo presiento: el reinado del hombre ha terminado.

Ha venido aquel que inspiró los primeros terrores de los pueblos primitivos. Aquel que exorcizaban los sacerdotes in-

131

quietos y que invocaban los brujos en las noches oscuras, aunque sin verlo todavía. Aquel a quien los presentimientos de los transitorios dueños del mundo adjudicaban formas monstruosas o graciosas de gnomos, espíritus, genios, hadas y duendes. Después de las groseras concepciones del espanto primitivo, hombres más perspicaces han presentido con mayor claridad. Mesmer lo sospechaba, y hace ya diez años que los médicos han descubierto la naturaleza de su poder de manera precisa, antes de que él mismo pudiera ejercerlo. Han jugado con el arma del nuevo

Señor, con una facultad misteriosa sobre el alma humana. La han denominado magnetismo, hipnotismo, sugestión... ¡qué sé yo! ¡Los he visto divertirse como niños imprudentes con este terrible poder! ¡Desgraciados de nosotros! ¡Desgraciado del hombre! Ha llegado el... el... ¿cómo se llama?... el... parece que me gritara su nombre y no lo oyese... el... sí... grita... Escucho... ¿cómo?... repite... el... Horla... He oído... el Horla... es él... ¡el Horla... ha llegado!...

¡Ah! El buitre se ha comido la paloma, el lobo ha devorado el cordero; el león ha devorado el búfalo de agudos cuernos: el hombre ha dado muerte al león con la flecha, el puñal y la pólvora, pero el Horla hará con el hombre lo que nosotros hemos hecho con el caballo y el buey: lo convertirá en su cosa, su servidor y su alimento, por el solo poder de su voluntad. ¡Desgraciados de nosotros!

No obstante, a veces el animal se rebela y mata a quien lo domestica... yo también quiero... yo podría hacer lo mismo... pero primero hay que conocerlo, tocarlo y verlo. Los sabios afirman que los ojos de los animales no distinguen las mismas cosas que los nuestros... Y mis ojos no pueden distinguir al recién llegado que me oprime. ¿Por qué? ¡Oh! Recuerdo ahora las palabras del monje del monte Saint-Michel: "¿Acaso vemos la cienmilésima parte de lo que existe? Observe, por ejemplo, el viento que es la fuerza más poderosa de la naturaleza, el viento que derriba hombres y edificios, que arranca de cuajo los árboles, y levanta montañas de agua en el mar, que destruye los acantilados y arroja contra ellos a las grandes naves; el viento, que silba, gime y ruge. ¿Acaso lo ha visto usted alguna vez?

¿Acaso puede verlo? ¡Y sin embargo existe!"

Y yo seguía pensando: mis ojos son tan débiles e imperfectos que ni siquiera distinguen los cuerpos sólidos cuando son trasparentes como el vidrio. . . Si un espejo sin azogue obstruye mi camino chocaré contra él como el pájaro que penetra en una habitación y se rompe la cabeza contra los vidrios. Por lo demás, mil cosas nos engañan y desorientan. No puede extrañar entonces que el hombre no sepa percibir un cuerpo nuevo que atraviesa la luz.

¡Un ser nuevo! ¿Por qué no? ¡No podía dejar de venir! ¿Por qué nosotros íbamos a ser los últimos? Nosotros no los distinguimos pero tampoco nos distinguían los seres creados antes que nosotros. Ello se explica porque su naturaleza es más perfecta, más elaborada y mejor terminada que la nuestra, tan endeble y torpemente concebida, trabada por órganos siempre fatigados, siempre forzados como mecanismos demasiado complejos, que vive como una planta o como un animal, nutriéndose penosamente de aire, hierba y carne, máquina animal acosada

137

por las enfermedades, las deformaciones y las putrefacciones; que respira con dificultad, imperfecta, primitiva y extraña, ingeniosamente mal hecha, obra grosera y delicada, bosquejo del ser que podría convertirse en inteligente y poderoso.

Existen muchas especies en este mundo, desde la ostra al hombre. ¿Por qué no podría aparecer una más, después de cumplirse el período que separa las sucesivas apariciones de las diversas especies?

¿Por qué no puede aparecer una más? ¿Por qué no pueden surgir también nuevas especies de árboles de flores gigantescas y resplandecientes que perfumen regiones enteras? ¿Por qué no pueden aparecer otros elementos que no sean el fuego, el aire, la tierra y el agua? ¡Sólo son cuatro, nada más que cuatro, esos padres que alimentan a los seres! ¡Qué lástima! ¿Por qué no serán cuarenta, cuatrocientos o cuatro mil? ¡Todo es pobre, mezquino, miserable! ¡Todo se ha dado con avaricia, se ha inventado secamente y se ha hecho con torpeza! ¡Ah! ¡Cuánta gracia hay en el elefante y el hipopótamo! ¡Qué elegante es el camello!

Se podrá decir que la mariposa es una flor que vuela. Yo sueño con una que sería tan grande como cien universos, con alas cuya forma, belleza, color y movimiento ni siquiera puedo describir. Pero lo veo... va de estrella a estrella, refrescándolas y perfumándolas con el soplo armonioso y ligero de su vuelo... Y los pueblos que allí habitan la miran pasar, extasiados y maravillados...

¿Qué es lo que tengo? Es el Horla que me hechiza, que me hace pensar esas locuras. Está en mí, se convierte en mi alma. ¡Lo mataré!

19 de agosto

Lo mataré. ¡Lo he visto! Anoche yo estaba sentado a la mesa y simulé escribir con gran atención. Sabía perfectamente que vendría a rondar a mi alrededor, muy cerca, tan cerca que tal vez podría tocarlo y asirlo. ¡Y entonces!... Entonces tendría la fuerza de los desesperados; dispondría de mis manos, mis rodillas, mi pecho, mi frente y mis dientes para estrangularlo, aplastarlo, morderlo y despedazarlo.

Yo acechaba con todos mis sentidos sobreexcitados.

Había encendido las dos lámparas y las ocho bujías de la chimenea, como si fuese posible distinguirlo con esa luz.

Frente a mí está mi cama, una vieja cama de roble, a la derecha la chimenea; a la izquierda la puerta cerrada cuidadosamente, después de dejarla abierta durante largo rato a fin de atraerlo; detrás de mí un gran armario con espejos que todos los días me servía para afeitarme y vestirme y donde acostumbraba mirarme de pies a cabeza cuando pasaba frente a él.

Como dije antes, simulaba escribir para engañarlo, pues él también me espiaba. De pronto, sentí, sentí, tuve la certeza de que leía por encima de mi hombro, de que estaba allí rozándome la oreja. Me levanté con las manos extendidas, girando con tal rapidez que estuve a punto de caer. Pues bien... se veía como si fuera pleno día, ¡y sin embargo no me vi en el espejo!... ¡Estaba vacío, claro, profundo y resplandeciente de luz! ¡Mi imagen no aparecía y yo estaba frente a él! Veía aquel vidrio totalmente límpido de arriba abajo. Y lo miraba con ojos extraviados; no me atrevía a avanzar, y ya no tuve valor para hacer un movimiento más. Sentía que él estaba allí, pero que se me escaparía otra vez, con su cuerpo imperceptible que me impedía reflejarme en el espejo. ¡Cuánto miedo sentí! De pronto, mi imagen volvió a reflejarse pero como si estuviese envuelta en la bruma, como si la observase a través de una capa de agua. Me parecía que esa agua se deslizaba lentamente de izquierda a derecha y que paulatinamente mi imagen adquiría mayor nitidez. Era como el final de un eclipse. Lo que la ocultaba no parecía tener contornos precisos; era una especie de trasparencia opaca, que poco a poco se aclaraba.

Por último, pude distinguirme completamente como todos los días.

¡Lo había visto! Conservo el espanto que aún me hace estremecer.

20 de agosto

¿Cómo podré matarlo si está fuera de mi alcance?

¿Envenenándolo? Pero él me verá mezclar el veneno en el agua y tal vez nuestros venenos no tienen ningún efecto sobre un cuerpo imperceptible. No... no... decididamente no. Pero entonces... ¿qué haré entonces?

Ilustrador: Claude Weisbuch

21 de agosto

He llamado a un cerrajero de Ruán y le he encargado persianas metálicas como las que tienen algunas residencias particulares de París, en la planta baja, para evitar los robos. Me haré además una puerta similar. Me debe haber tomado por un cobarde, pero no importa...

10 de septiembre

Ruán, Hotel Continental. Ha sucedido... ha sucedido... pero, ¿habrá muerto? Lo que vi me ha trastornado.

Ayer, después que el cerrajero colocó la persiana y la puerta de hierro, dejé todo abierto hasta medianoche a pesar de que comenzaba a hacer frío. De improviso, sentí que estaba aquí y me invadió la alegría, una enorme alegría. Me levanté lentamente y caminé en cualquier dirección durante algún tiempo para que no sospechase nada. Luego me quité los botines y me puse distraídamente unas pantuflas. Cerré después la persiana metálica y regresé con paso tranquilo hasta la puerta, cerrándola también con dos vueltas de llave. Regresé entonces hacia la ventana, la cerré con un candado y guardé la llave en el bolsillo.

De pronto, comprendí que se agitaba a mi alrededor, que él también sentía miedo, y que me ordenaba que le abriera. Estuve a punto de ceder, pero no lo hice. Me acerqué a la puerta y la entreabrí lo suficiente como para poder pasar retrocediendo, y como soy muy alto mi cabeza llegaba hasta el dintel. Estaba seguro de que no había podido escapar y allí lo acorralé solo, completamente solo. ¡Qué alegría! ¡Había caído en mi poder! Entonces descendí corriendo a la planta baja; tomé las dos lámparas que se hallaban en la sala situada debajo de mi habitación, y, con el aceite que contenían rocié la alfombra, los muebles, todo. Luego les prendí fuego, y me puse a salvo después de cerrar bien, con dos vueltas de llave, la puerta de entrada.

Me escondí en el fondo de mi jardín tras un macizo de laureles. ¡Qué larga me pareció la espera! Reinaba la más completa oscuridad, gran quietud y silencio; no soplaba la menor brisa, no había una sola estrella, nada más que montañas de nubes que aunque no se veían hacían sentir su gran peso sobre mi alma.

Miraba mi casa y esperaba. ¡Qué larga era la espera! Creía que el fuego ya se había extinguido por sí solo o que él lo había extinguido. Hasta que vi que una de las ventanas se hacía astillas debido a la presión del incendio, y una gran llamarada roja y amarilla, larga, flexible y acariciante, ascender por la pared blanca hasta rebasar el techo. Una luz se reflejó en los árboles, en las ramas y en las hojas, y también un estremecimiento, ¡un estremecimiento de pánico! Los pájaros se despertaban; un perro comenzó a ladrar; parecía que iba a amanecer. De inmediato, estallaron otras ventanas, y pude ver que toda la planta baja de mi casa ya no era más que un espantoso brasero. Pero se oyó un grito en medio de la noche, un grito de mujer horrible, sobreagudo y desgarrador, al tiempo que se abrían las ventanas de dos buhardillas. ¡Me había olvidado de los criados! ¡Vi sus rostros enloquecidos y sus brazos que se agitaban!...

Despavorido, eché a correr hacia el pueblo gritando: "¡Socorro! ¡Socorro! ¡Fuego! ¡Fuego!" Encontré gente que ya acudía al lugar y regresé con ellos para ver.

La casa ya sólo era una hoguera horrible y magnífica, una gigantesca hoguera que iluminaba la tierra, una hoguera donde ardían los hombres, y él también. Él, mi prisionero, el nuevo Ser, el nuevo amo, ¡el Horla!

De pronto el techo entero se derrumbó entre las paredes y un volcán de llamas ascendió hasta el cielo. Veía esa masa de fuego por todas las ventanas abiertas hacia ese enorme horno, y pensaba que él estaría allí, muerto en ese horno...

¿Muerto? ¿Será posible? ¿Acaso su cuerpo, que la luz atravesaba, podía destruirse por los mismos medios que destruyen nuestros cuerpos?

¿Y si no hubiera muerto? Tal vez sólo el tiempo puede dominar al Ser Invisible y Temido. ¿Para qué ese cuerpo trasparente, ese cuerpo invisible, ese cuerpo de Espíritu, si también está expuesto a los males, las heridas, las enfermedades y la destrucción prematura?

¿La destrucción prematura? ¡Todo el temor de la humanidad procede de ella! Después del hombre, el Horla. Después de aquel que puede morir todos los días, a cualquier hora, en cualquier minuto, en cualquier accidente, ha llegado aquel que morirá solamente un día determinado en una hora y en un minuto determinado, al llegar al límite de su vida.

No... no... no hay duda, no hay duda... no ha muerto... Entonces, tendré que suicidarme...

Fin

Libros Mablaz — Ciencia Ficción y Fantasía

http://librosmablaz.com/

Libros Mablaz — CLÁSICOS de Ciencia Ficción recuperados

LM CLÁSICOS

http://librosmablaz.com/

Libros Mablaz

Narrativa — Relatos

/www.librosmablaz.com/